AF398998

INFERIOR

JAVIER COSTILLO

Impresión y editorial: BoD – Books on Demand
info@bod.com.es - www.bod.com.es
Impreso en Alemania – Printed in Germany

ISBN: 978-8-4117-4704-2

SOBRE EL AUTOR:

Criado en una pequeña villa de Extremadura, Javier Costillo Palacios dedicó parte de su juventud a inventar historias y personajes. Tras varios años de escribiendo en las sombras, se dispone a dar el primer paso en el mundo de la literatura sacando a la luz una historia de terror que, durante mucho tiempo, estuvo archivada dentro de una carpeta de su ordenador. Mención especial para todos aquellos que apoyaron al autor en los momentos difíciles, pues para ellos va dedicado el fruto de varios años de trabajo clandestino.

ÍNDICE:

PRÓLOGO:

Juzgado de Portland, noviembre de dos mil dieciocho, el caso de una de las una de las matanzas más atroces estaba a punto de darse por concluido.

—Margot Hagrain, ¡tiene usted la palabra! —indicaba, con su imponente presencia, la jueza de la sala.

Entonces, la acusada, una joven morena, de ojos azules, alta, delgada y paliducha se puso de pie, dispuesta a confesar los hechos desde su perspectiva:

—Señoría, mis más sinceras palabras, no recuerdo nada de lo que pasó —decía de forma tranquila, sin mostrar signo alguno de culpabilidad.

—¡Llévensela! El caso ya está listo para sentencia —ordenó justo después la jueza al tiempo que golpeaba la mesa con su mazo.

Acto seguido dos policías se acercaron dispuestos a llevarse a la chica. Su madre, que se encontraba junto a ella, no podía evitar contener las lágrimas de tristeza. Tan pronto como la joven se dirigía a los agentes, su madre la agarró de la mano.

–Hija… –trataba de decir.

–Mamá, no pasa nada, el tiempo pronto desvelará los hechos –contestó.

–¡Hija!

Pero la chica, sin responder siquiera a su madre, se soltó de ella y se marchó junto a los guardias de aquella sala. La jueza, de forma fría y descortés, se levantó de su mesa dispuesta a marcharse de la sala. La madre de Margot, sin pensarlo dos veces, se situó delante de ella.

–¡Por favor! ¡No me deje sin mi hija! ¡Es lo único que me queda! –trataba de rogarle–. Se lo juro, ¡ella dice la verdad…!

–¡Suficiente! –exclamó esta mientras pasaba por su lado, ignorando por completo a aquella señora.

Entonces se marchó de la sala al tiempo que la madre de la joven se abrazaba a su abogado para descargar sus penas.

Pero cuando la jueza quiso llegar a la cafetería, un hombre vestido con una túnica marrón, sesentón y algo regordete la invitó a sentarse con él. Se trataba de alguien muy conocido en la villa de Canterbury, el lugar donde sucedieron los hechos, y, posiblemente, el testigo que más pruebas pudiera aportar al caso.

—¿Padre Paul? ¿Qué hace usted aquí? —preguntó al tiempo en que se sentaba.

—Mi querida Hillary, tengo que hablar con usted sobre un asunto a tratar —le informó.

—Que no dure demasiado, tengo un caso pendiente.

—Eso mismo quería mencionarte, debe declarar inocente a Margot. Créeme si te digo que ella no tuvo nada que ver con los hechos acontecidos.

—Padre, ¡qué ha matado a más de una veintena de personas! ¿Se está riendo usted de mí?

—Su cuerpo físico tal vez, pero nada tuvo que ver con su alma. Déjame contarte toda la historia desde el principio.

—¿Y no pudo venir usted a declarar de testigo?

—Es mejor que quede entre los dos.

CAPÍTULO 1:

LA DESAPARICIÓN

Lunes, dieciséis de noviembre, una y cuarto de la tarde, villa de Canterbury, Portland. El autobús se detenía en la parada donde la joven Margot solía bajar todos los días después de terminar las clases en la universidad. Una vez allí, la muchacha continuaba a pie el resto del camino hasta llegar a su casa, ubicada no muy lejos de la zona.

Por ese trayecto, ella solía pasar por la cafetería McKinsey, la más famosa de la villa, donde solía trabajar uno de sus mejores amigos de toda la vida. Se trataba del hijo del dueño del local, Anderson, un chico agraciado, majo y que siempre la solía hacer reír cuando se encontraba con él.

Después, continuaba la marcha hasta llegar a la casa de su inseparable amiga Chloe, a la que siempre solía saludar con un abrazo. Y, a dos manzanas de allí, se encontraba por fin su vivienda. Normalmente, solía llegar a tiempo para la hora de comer.

Mara, una compañera de su carrera, que vivía a unas pocas casas más allá de la suya, solía acompañarla durante todo el trayecto. Pero aquel día, según se pudo saber, ella no había podido asistir a clase. Además, Chloe continuaba en el trabajo mientras que Anderson había cerrado algo antes la cafetería. Todos estos acontecimientos coincidieron también con el día en que los hermanos Benson se encontraban en la villa.

Conocidos por muchos como *"Los Hombres del Infierno"*, según varias investigaciones, habían estado implicados en la desaparición de tres mujeres durante los últimos diez años. No obstante, debido a la falta de pruebas fiables que les incriminasen, los tres hermanos aún permanecían en libertad.

El mayor de ellos se llamaba Gray, de unos cuarenta y cinco años de edad; líder la banda y el único de los tres que había estado en la cárcel. Según se sabía de él, en su juventud, había sido responsable de múltiples delitos de robo con violencia a lo largo de varias villas del estado de Oregón. También, en otra ocasión, había sido detenido por tráfico de drogas.

Después de él, le seguía Matt, de cuarenta y un años, que solía trabajar de policía hasta que fue dado de baja por el asesinato de un afroamericano. Pero debido a su estatus de policía, nunca llegó a ser condenado por su crimen, simplemente fue incapacitado para su trabajo.

Y el menor de todos ellos se llamaba Ed, de tan solo veintinueve años, que, a diferencia de sus hermanos mayores, no tenía antecedentes penales y carecía de experiencia en el mundo del crimen.

Ese lunes la joven Margot permanecería sola durante todo el trayecto hasta su casa sin saber del peligro que acechaba por la zona. Como cualquier otro día, se despidió del conductor del bus y, al ver que la cafetería de Anderson estaba cerrada, simplemente, continuó hacia adelante.

Fue cuestión unos metros más allá cuando entonces, desde un coche azul, uno de los hermanos le apuntó con una pistola.

—¡Sube al coche! —le gritó.

Pronto la joven se quedó en shock. No dijo nada, estaba tan asustada que ni siquiera podía hablar. Hasta aquel entonces, nunca antes le había pasado nada similar. ¿Y quien podría pensar que sucedería algo así en una villa tan pequeña?

–¡¿Estás sorda o qué?! ¡Que te subas al coche de una vez te he dicho! –continuó insistiendo aquel tipo–. ¡No me hagas tener que disparar!

–S… S… Sí, señor –decía entonces sin tener apenas fuerzas para hablar.

Y temiendo por su vida, sin oponer resistencia alguna, obedeció las órdenes de semejante patán. Tras ello, los tres hermanos salieron de la villa y condujeron por una carretera vieja, en mal estado, por la que apenas se podían observar vehículos pasar. El recorrido duró unos siete kilómetros hasta llegar al cruce con un camino de tierra. Una vez allí, subieron una enorme cuesta empinada.

Margot, durante todo ese recorrido, no hizo otra cosa que observar por la ventanilla como se la iban llevando cada vez más lejos de su hogar. Después de aquel entonces, supo que nunca más volvería a ser la misma.

El camino terminó en una finca apartada de la sociedad, bastante inaccesible, la cual, según se decía, los hermanos Benson habían heredado tras la muerte de sus padres. De allí, la población más cercana se ubicaba a más de media hora en coche. Parecía el lugar idóneo para cometer un crimen.

En medio de esta se hallaba un casoplón viejo y sin reformar desde hacía más de cincuenta años. Se trataba del lugar donde el abuelo de los tres hermanos solía pasar las vacaciones de verano. Pero desde que este murió, sus padres habían intentado, sin éxito, de vender la finca. Y, al igual que los padres, los hermanos tampoco fueron capaces de deshacerse de ella. Pero si algo era bien seguro, es que nunca se preocuparon por el estado de la vivienda.

Nada más llegar, aparcaron enfrente de la casa y llevaron a Margot, sin que opusiera resistencia alguna, hasta una de las habitaciones. Acto seguido la golpearon con fuerza contra el colchón de la cama, le destrozaron la ropa y se turnaron para ver quién la violaba primero. Ante tal situación la pobre chica no tenía nada que hacer, salvo mantener la calma y esperar a que todo pasara.

Pero después de que los tres la hubieran penetrado en numerosas ocasiones, lejos de sentirse satisfechos, se pusieron a atizarla con varios maderos. Golpe tras golpe, la joven fue perdiendo la conciencia hasta acabar malherida entre las sábanas.

—¡Aún sigue viva! —afirmó Gray después de eso al tiempo que le tomaba el pulso.

Pero aun con ganas de querer torturarla hasta donde pudieran llegar, deseaban que la joven permaneciera aún con vida. No obstante, no podían jugársela demasiado ya que, de lo contrario, aumentaban sus posibilidades de ser descubiertos por la justicia y, de ser el caso podrían acabar condenados a prisión de por vida, ¡e incluso la pena capital!

—Ya sé lo que podemos hacer —sugirió Matt—. Como nadie suele pasar a menudo por el camino de la finca, podemos dejarla aquí hasta mañana y la violamos una vez más antes de matarla.

—No sé yo si será buena idea —afirmó Ed—. Creo que lo mejor sería matarla y enterrar su cadáver cuánto antes.

—Yo prefiero hacer caso a Matt —respondió Gray—. Él ha sido policía y más o menos conoce las técnicas que suelen usar los agentes para detener sospechosos.

Dicho aquello, se terminó haciendo lo propuesto por el segundo hermano. Por lo que, los tres hombres dejaron a Margot atada en la cama y con un pañuelo en la boca. Decidieron que al día siguiente regresarían para seguir torturando y asesinar a la joven.

Mientras tanto, en la villa de Canterbury, la señora Hagrain, tras horas y horas viendo como su hija no daba señales de vida durante toda aquella tarde ni respondía a las llamadas, comenzó a hablar desesperadamente con los amigos de su hija, profesores de la universidad y gente conocida de la villa.

Sus amigos aclararon que no sabían nada, pero sus profesores dijeron que ese día Margot sí que había asistido a clase y el conductor del autobús afirmó haberla traído de vuelta a Canterbury. Tras recibir aquella información su madre no dejaba de estar cada vez más preocupada.

Quiso pensar que pronto regresaría sana y salva, que pudo haber sido una tontería de adolescentes, rollo líos y cosas de esas. No fue hasta pasadas las nueve de la noche, al ver que no aparecía, cuando tomó la decisión de dirigirse a comisaría para denunciar la desaparición al sheriff del condado.

—Entonces, ¿dice usted que su hija ha desaparecido? —le preguntó.

—Así es.

—Cuénteme más.

—Ha tenido que ser sobre la hora de comer, mientras regresaba de la universidad. He estado hablando con toda la gente que he podido, pero nadie sabe nada de lo que ha pasado. Según me informaron, asistió a clase, y sí que llegó en el autobús hasta el pueblo, ha tenido desaparecer en el camino hacia casa.

—¿Ha traído una foto de ella para que podamos identificarla?

—Aquí tiene —decía la madre mientras dejaba una foto de su hija sobre la mesa.

—¡Perfecto! Pues en breve me pondré en contacto con el detective —contestó el sheriff tomando la dicha y guardándosela en el bolsillo.

—¡Mil gracias, sheriff! —respondió dándole un fuerte abrazo—. ¡Es usted un cielo!

—No hay de qué señora, y no se preocupe, encontraremos a su hija lo más pronto que podamos.

Y poco después de que la señora Hagrain se marchara, el sheriff del condado se encargó de comunicar la información acerca del caso al detective Gustav Pellicer. Un hombre inteligente y carismático a quien, a nivel estatal, se le consideraba todo experto en resolver casos de desapariciones con más de veinticinco años de experiencia sobre sus hombros.

CAPÍTULO 2:

EL DEMONIO DE LA FINCA

Casoplón de los Benson, nueve y cuarenta y cinco de la noche. Habían pasado más de siete horas desde la desaparición. Al tiempo que el caso había sido trasladado a la policía, Margot recuperaba su consciencia, casi sin recordar que era lo que le había llevado hasta allí. Pudo sentir frío, así como escuchar el sonido de una fuerte lluvia desde el exterior.

En un principio, quiso pensar que se trataba de una pesadilla, ¡pero no! Había ocurrido de verdad, ella se encontraba desnuda y atada a una cama en un casoplón abandonado en una finca de mala muerte, y por su cuerpo se podían presenciar diversos moratones, arañazos, entre otros tantos signos de violencia.

También, cuando se quiso dar cuenta, pudo ver que le salía sangre de su vagina. Ella, pese a ser agraciada, había sido siempre una chica tímida y poco sociable, lo que le llevó a que, antes de ser secuestrada, nunca antes hubiera tenido relaciones sexuales.

Al darse cuenta de ello, la pobre chica ya por fin tomó cierta conciencia acerca de los abusos sexuales que había sufrido. Pronto empezó a ver imágenes extrañas sobre aquellos sucesos que le ocurrieron durante el transcurso de ese día. Imágenes muy difíciles de soportar, desde que le apuntaban con la pistola para que subiera al coche, pasando por el momento en el que el primero de los hermanos la penetraba, hasta que uno de ellos la dejaba inconsciente asestándole un último golpe con una barra de madera.

No tardó demasiado en darse cuenta de que había vivido una experiencia traumática y tenía miedo de volver a pasar por algo similar. Sus ojos lucían llenos de lágrimas y su boca sin apenas fuerza para poder gritar. Estaba tan asustada que no podía evitar imaginar que sería de su vida a partir de ese momento, ¿y si aquello se tratara de su sentencia de muerte?

Al plantearse tal pregunta su corazón empezó a latir a un ritmo tan acelerado que, al cabo de unos segundos, no pudo contenerse a chillar de miedo, quitándose así su pañuelo de la boca. Esto, al tiempo que hacía fuerza por soltarse de las cuerdas que la mantenían atada. A base de un rato de forcejeo, consiguió aflojarlas lo suficiente para poder librarse de la cama.

Ya cuando se quiso poner de pie, al mirar al suelo, observó su ropa destrozada y esparcida por aquella habitación. La joven se quedó observando su ropa por casi medio minuto, justo en el momento que una suave brisa se coló en la habitación y abrió la puerta del armario al chocar con esta.

Dentro de este, Margot observó una chaqueta beige de plumas, junto a unos vaqueros, un sombrero negro y unas botas marrones, así como también, ropa interior negra. Ella, que en ese momento no dejaba de tiritar de frío, optó vestirse con aquello, sin importarle en absoluto que la ropa estuviera cubierta de ácaros y polvo.

Pero debajo de todas aquellas prendas, encontró como una especie de manual de tapa dura. Cebada por la intriga, se dispuso a abrirlo para hojear sus páginas. En la primera página de este, encontró tres fotos en color sepia.

La primera era de varios niños desnudos jugando en la cama; aquellos debían ser los hijos. La segunda era la imagen de un militar; debía ser el abuelo Benson en su juventud. Y la tercera, era la de ese mismo hombre junto a su mujer.

En la segunda página encontró unas cuantas fotos más, estas ya de la siguiente generación. En una de ellas, se encontraban Gray y Matt ayudando a su padre a matar a un cordero, mientras Ed, que aún era un niño pequeño, se podía ver cómo les aplaudía. Y en otra, aparecía Gray junto a un elefante abatido en una sabana; esa última en color puesto que era bastante más actual.

Por si la segunda página no era suficiente para mostrar la crueldad de aquellos hermanos, Margot encontró un cartel propagandístico donde los tres hermanos anunciaban su intención de montar un negocio sobre el tráfico de marfil.

Y al lado del anuncio publicitario encontró la carta que Gray escribió a su hermano Ed durante su viaje a una reserva de Botswana.

Estimado Ed,

El día de hoy lo he pasado entero en safari, junto a varios cazadores furtivos. Hemos puesto en marcha la batida con la que cazamos a siete elefantes. Tras el reparto, pude quedarme con tres.
Voy a ver si consigo pasar los colmillos por la aduana. En breve tendrás noticias.

Gray

Margot no pudo evitar sentir conmoción por la muerte de aquellos pobres animalitos. Si bien, ella estudiaba medicina, de siempre le habían apasionado los animales y muchos de sus mejores amigos se encontraban en la facultad de veterinaria.

Pero al pasar a la cuarta página, simplemente, no había nada más, estaba todo en blanco. Aun así, continuó hojeando página por página. No llegó a encontrar nada más hasta que no hojeó las tres últimas páginas y estas, a su vez, contenían la información más perturbadora de todas. En cada una de ellas, se encontraban pegados tres artículos de periódico donde se denunciaban tres desapariciones de tres mujeres en distintas fechas.

NOMBRE: Jessica Brown
EDAD: 31
ALTURA: 1,67m
PESO: 62kg
COLOR DE OJOS: Castaños
COLOR DE PELO: Moreno
FECHA DE DESAPARICIÓN: 13-2-2011
Desapareció en la ciudad de Nueva York, después de regresar de una discoteca con sus amigas. Lo último que se sabe de ella es que se montó en un auto azul. El hombre del auto, cuyo rostro se desconoce le dijo "Ven aquí, linda".

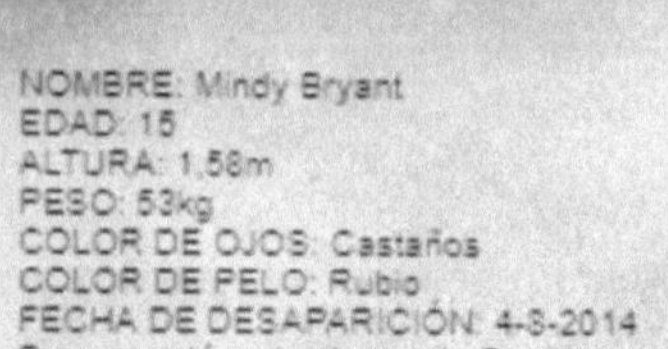

Todos aquellos artículos de periódico le sonaban a Margot de haberlos escuchado en las noticias de hacía tiempo. Por un momento pensó: "¡Acabo de resolver tres casos de los que aún nadie sabía nada!" Pero… ¿Y si ella llegara a ser la cuarta mujer asesinada por esos degenerados? ¡Tenía que abandonar ese lugar antes de que volvieran sus asesinos! Pero una vez revisado el manual, cuando Margot quiso cerrarlo, encontró una frase escrita en sangre en la tapa trasera.

LA ÚNICA SALIDA ES EL MÁS ALLÁ, SÉ UNA NIÑA BUENA

Si bien ella no era para nada religiosa, ni tampoco creía en nada espiritual o algo así por el estilo, aquella frase la dejó tan asustada que no pudo resistirse a orinarse de miedo en los pantalones y, en un acto reflejo, lanzar el libro por la ventana.

Segundos después, de forma cuidadosa y evitando en medida de lo posible hacer ruido, salió de la habitación donde había sido raptada, atravesó el pasillo de la planta alta y bajó las escaleras hasta llegar a la puerta de salida.

A la desesperada, Margot golpeó la puerta en repetidas ocasiones, pero todo fue inútil. Los asesinos sabían que su víctima estaba viva y, para que no escapara de la casa, habían asegurado la puerta con llave. Al cabo de varios intentos fallidos, lo único que consiguió fue lastimarse el hombro más de lo que en sí se lo habían lastimado sus torturadores.

Al darse cuenta de que la puerta no se abría, la joven miró a ver si podía salir por las ventanas de la planta baja, pero todas ellas tenían garrotes. Pensó entonces: "¿Y si salto por la ventana de arriba?" Pero si lo hiciera lo más probable es que se lesionara gravemente y, de ser el caso, sería aún más fácil que los asesinos la descubrieran y si se enteraban de su intento de fuga, ¿quién sabe lo que le podía esperar?

Pero en medio de una situación con tantas incógnitas, de pronto, se escuchó un suave canturreo que parecía venir de fuera. Margot, muy asustada, se asomó a la ventana para ver quién era, entonces presenció como algo pasaba rápidamente por allí. Su contorno emitía una luz azul brillante, pero la chica no tuvo tiempo para percibir de qué se trataba. ¿Y si eran sus captores que habían regresado para matarla?

Pero enseguida, al darse cuenta de que no se oía nada más, salvo el ruido de la lluvia, el intenso viento que hacía aquella noche y algún que otro búho, pudo sentirse algo más relajada. Fuera del casoplón, no podía observar más que árboles y árboles, y una inmensa oscuridad entre ellos. Tuvieron que pasar cinco minutos más para que, entonces, escuchara la puerta crujir; venía de fuera.

En ese momento, ya sí, a Margot no le vino a la mente otra cosa más que las caras de aquellos asesinos. Si se asomase a la ventana, tal vez podría darse cuenta de quien venía, pero no se atrevió por el miedo de ser descubierta.

Ya era tarde para volver a la habitación y atarse a la cama, ella no podría hacerlo sola y, aunque fuera capaz, ¡no tendría tiempo suficiente! Por no mencionar que tendría que desvestirse de nuevo y colocarlo todo en su sitio, haciendo como si nada hubiera pasado. ¿Y para recuperar el libro qué? Pues ese supondría un reto mayor puesto que debía salir fuera.

Terminó haciendo aquello que su instinto de supervivencia le decía: buscar un escondite donde poder estar a salvo. Sin pensar demasiado, se dirigió hacia el sótano de la casa, dejándose la puerta de entrada a este abierta y sin evitar armar ruido alguno.

Dentro del mismo, se ubicaba una especie de galería subterránea que poseía cuatro puertas en los laterales y, al final del pasillo, una celda en la que se encontraba un esqueleto prisionero.

Desesperada por buscar un escondite cuanto antes, abrió la primera puerta a su izquierda, pero detrás de aquella solo halló una pared de ladrillos. Seguidamente, probó a abrir la primera de su derecha y, entonces, una inmensa cantidad de cajas cayó hacia fuera, suerte que logró esquivarlas.

Aquello era como un almacén. Después de abrir la puerta, Margot era consciente qué, si sus captores pasaban por el sótano, no tardarían en darse cuenta que ella había hecho de las suyas. Pensó: "¿Y si coloco esto rápido para que no se enteren de nada?" Pero ya para ese entonces, pudo escuchar unos pasos que venían de la planta de arriba y parecían oírse caminar en dirección a las escaleras.

Como la segunda puerta a su izquierda se encontraba trabada con tablas, la joven optó por entrar en la única sala donde se podía: la segunda a la derecha. Ya una vez allí, suavemente, cerró la puerta para dejarla como estaba. Por unos segundos, se sintió algo más calmada hasta que, de pronto, quedó impactada por aquello que encontró en la sala.

Las paredes de esta se hallaban tintadas de sangre. Por no hablar de que había un montón de telarañas, ratones y cucarachas por todos lados, así como un fuerte olor a putrefacción.

En el lado derecho de esta, se ubicaba una silla y una mesa de escritorio, con un ordenador encendido y, al lado de este, unas cuantas botellas de alcohol junto a varias colillas de cigarros.

En el centro, se encontraba una mesilla que albergaba unos cuantos recipientes, algunos llenos de líquidos de colores y otros vacíos. Junto a éstos, había algún que otro instrumento de laboratorio y un cuaderno de anotaciones. Debajo de la mesilla, se ubicaba una jaula llena de ratas, todas ellas muertas y sus cadáveres en proceso de descomposición.

Sin embargo, lo más aterrador de la sala, se ubicaba frente a la puerta, a primera vista nada más entrar. Se trataba de dos cadáveres carbonizados, crucificados del revés en unos maderos y una cruz al lado, del revés también, que aún se encontraba vacía. Tal vez podría tratarse de dos de las mujeres que aquellos sinvergüenzas habían secuestrado. Pero los cuerpos habían quedado tan chamuscados que, a simple vista, no se podía identificar a quienes pertenecían, ni tampoco su sexo.

Margot, a pesar de todos los horrores que había percibido en aquella sala, trató de mantener la calma. Al menos, hasta que tuvo la impresión de que alguien se iba acercando cada vez más. Pronto se pudieron oír unos pasos bajando las escaleras.

Así que, casi sin tiempo para pensar, la joven optó por esconderse dentro de alguna de las taquillas que se situaban en el lado izquierdo, pero al abrir una de ella, ¡sorpresa! Encontró al tercer cadáver, también carbonizado.

Lo antes que pudo, tratando de contener el susto, cerró suavemente la puerta de aquella taquilla y abrió la de al lado. Afortunadamente, en esa no había nada, así que aprovechó para esconderse dentro.

No mucho después, escuchó a alguien abrir la puerta de aquella sala. Margot se sentía tan asustada que no pudo resistir a mirar por la rendija de la taquilla para ver quién era: algo completamente sobrenatural. Se trataba de un hombre con cabeza de lobo, armado con un machete e iluminado por una luz azul; la misma criatura que había pasado momentos antes por delante de sus narices.

Por lo que ella pudo ver, la criatura se dirigía precisamente a abrir la misma taquilla donde estaba escondida. Ante tal situación, la joven ya no hizo otra cosa más que rezar para que no le pasara nada cuando entonces, la criatura abrió la puerta y la miró fijamente a sus ojos. La pobre muchacha no pudo evitar gritar atormentada al tiempo que esto aconteció.

CAPÍTULO 3

INMORTAL

Margot despertó en el interior de aquella taquilla, sin tener la más remota idea de lo que había pasado. Cuando quiso salir de allí, pudo observar que la taquilla de al lado, aquella donde encontró el cadáver carbonizado, se encontraba abierta, pero el cuerpo había desaparecido misteriosamente. Los otros dos cadáveres crucificados tampoco se hallaban en la sala, así como también, ya no estaban las cruces invertidas.

Pero a ella no parecía importarle nada, al fin y al cabo, seguía viva, ¿en qué le afectaba a ella que esas tres pobres desgraciadas hubieran sido asesinadas? No entendía que le pasaba, ni como en un abrir y cerrar de ojos había desarrollado una personalidad tan fría como el hielo.

No mucho después, una musaraña pasó por debajo de sus pies. La joven, con el fin de experimentar si era cierto eso de que ahora no sentía nada, la agarró y la puso sobre la mesilla del laboratorio.

En primer lugar, empezó vertiéndole ácido sulfúrico en la cola; pudo ver como el animalito pronto comenzaba a agonizar. Seguidamente, con un bisturí que se ubicaba en la mesa, probó a cortarle todas las extremidades y, para rematar a aquel pequeño roedor, le estrujó el cráneo con unas pinzas.

Definitivamente, Margot había perdido toda su empatía y no se arrepentía de nada por haber matado a esa criatura tan indefensa. Es más, pareció haberlo disfrutado.

En lo que respecta su físico, la joven, al mirar su piel, notó que esta se había vuelto de un tono más blanco pálido y, al agarrar una punta de su pelo, observó que ahora lo tenía de un color negro azabache.

Sin entender que pasaba se lo soltó bruscamente y, en un acto reflejo, cuando miró hacia la pantalla del ordenador, terminó deslumbrada por sus ojos azulados los cuales emitían una ingente cantidad de luz. Precisamente del mismo color que la luz que rodeaba aquella criatura tan extraña.

Pero los cambios no se quedaron solo ahí. Ella era consciente de que había sufrido heridas durante su secuestro, pero ahora, su piel había quedado completamente lisa y de un mismo tono, sin rastro de alguna herida o cicatriz.

Entonces, con una botella rota que se hallaba en el escritorio probó a cortarse las venas, algo a lo que la antigua versión de Margot jamás se hubiera atrevido.

Tras ello apuntó su brazo hacia abajo, dejando chorrear la sangre en dirección al suelo. Esta pronto comenzaba a verterse al mismo ritmo que una cascada, pero, cuando la sangre se encontraba cerca de rozar el suelo, ascendía hacia arriba y regresaba hacia el interior del corte. Y, ya cuando toda ella había entrado, los tejidos se regeneraban sin dejar cicatriz.

La joven, una vez más, quedó algo sorprendida al observar aquello que acababa de suceder. Pero lejos de quedarse ahí, decidió apuntar más alto y, en la siguiente ocasión, probar a suicidarse. Para ello, se cortó con esa misma botella rota sus arterias carótidas.

No tardó en caer al suelo desmayada y, por un breve instante, observar una especie de túnel con una luz blanca en el fondo. Llegada a aquella fase, ella trataba de acercarse a la luz cuando entonces una fuerza mucho mayor la arrastraba hacia atrás. La luz blanca se iba haciendo cada vez más pequeña hasta volverse un diminuto punto y desaparecer por completo. Justo entonces Margot recuperaba la conciencia y volvía a despertar con la herida regenerada en el mismo lugar donde se encontraba.

Si bien en esa primera vez resultó algo intrigante, la joven continuó experimentando con su cuerpo. Cada vez que probaba a suicidarse la misma historia no dejaba de repetirse una y otra vez, por lo que, tras múltiples intentos fallidos, Margot terminó perdiendo por completo su miedo a la muerte.

Pero, en un enésimo experimento más, la muchacha probó a golpear su cabeza con todas sus fuerzas contra la pared. Lejos de lastimarse, llegó a producir un ligero temblor en la sala. Y, cuando quiso apartar su cabeza de la pared, pudo darse cuenta de que acababa de provocar una abolladura.

Después de eso, probó a dar una patada a la puerta de una de las taquillas y la acabó partiendo en dos, algo que, tal vez, ni un hombre promedio hubiese sido capaz de hacer. Pero, aun sin sentirse convencida, salió de aquella sala para llevar a cabo algo más ambicioso todavía: doblar los garrotes de la celda que se encontraba al fondo del pasillo; le resultó mucho más fácil de lo que hubiera imaginado.

Ya luego de haber experimentado todos y cada uno de sus increíbles poderes, Margot se puso a ordenar un poco la casa y comenzó a sentir como si aquella, a la que tanto miedo le tenía, se hubiese convertido en su propio hogar.

CAPÍTULO 4

LA HUIDA

Diecisiete de noviembre, ocho de la mañana, villa de Canterbury. Los hermanos Benson se encontraban desayunando en la cafetería McKinsey, en ese preciso instante, el trío se encontraba debatiendo acerca de las acciones a tomar una vez asesinada Margot.

–Como a estas horas de la mañana está tranquila la carretera, creo que lo mejor es que vayamos ahora a la finca –afirmó Gray.

–Opino lo mismo hermano. Pero, una vez matemos a la muchacha, ¿qué hacemos luego con ella? –preguntó Ed.

–Yo había pensado en vender sus órganos en el mercado negro. Con las otras mujeres Matt y yo hicimos eso y sacamos un dineral.

–A mí me parece perfecto, y los huesos los enterramos si eso por ahí –sugirió Matt.

–Suena bien, me gusta el plan –contestó Ed.

Y, poco después, los tres hermanos se montaron en su vehículo para marcharse de la cafetería sin darse cuenta de que Anderson, de forma discreta, había estado escuchando la conversación. Tan pronto como tuvo la oportunidad, el joven se encerró en la bodega del local para llamar a la policía y alertarse de ello.

–He escuchado a unos hombres hablar sobre un asesinato, en mi cafetería –informó durante la conversación telefónica–. Hasta donde he podido escuchar creo que tienen secuestrado a alguien y planean vender sus órganos. Quizás tengan algo que ver con la desaparición de Margot Hagrain, que era amiga mía, por cierto.

—Perfecto, nos alegra que nos haya comunicado esa información —decía el agente que se encontraba atendiendo al teléfono del chico—. Si no le es molestia, ¿sabría describirnos a los sospechosos?

—¡Claro que sí! Es más, he tomado una foto a la matrícula del vehículo.

—Cuanta más información sepamos mejor.

Y, al tiempo que se llevaba a cabo dicha conversación telefónica, en la cafetería de la estación de policías, el detective Pellicer se encontraba junto a su, por increíble que pareciera, mejor amigo, el padre Paul.

—Te lo juro, mi estimado Gustav, me siento tan dolido por la pérdida de nuestra queridísima paisana… Margot y su familia no es que fuesen muy creyentes, pero eso no quita que ella no fuera una bellísima persona —decía el sacerdote.

—Pues sí amigo, es toda una lástima. Solo espero resolver el caso y si pudiera ser hoy mismo mejor. Pero no puedo prometer a su familia que la chica estará bien, ya tú sabes cómo acaban la mayoría de estos casos.

—Pues sí.

—¡Señor Pellicer! —se oía una voz desde la puerta de la cafetería.

En aquel preciso instante, un joven agente de policía interrumpió a ambos amigos sentándose junto a ellos para comunicar al detective acerca de una nueva noticia.

–Hemos recibido una llamada y creemos que tiene mucho que ver con el caso en el que está usted trabajando –informó–. Según nuestras fuentes, se trata de una persona muy cercana a la víctima.

–¡Excelente noticia! Nos será muy útil para iniciar la investigación –contestó el detective–. ¿Quién es esa persona?

–Trabaja para la cafetería McKinsey.

–Déjame adivinar, ¿estás hablando de Anderson? ¿A qué sí? –preguntó Paul.

–Así es.

–¿Qué información os aclaró en la llamada?

–Algo como de un secuestro en una finca y…

–¿Cómo un secuestro en una finca? ¿En Canterbury? –interrumpió Paul–. Creo que ya sé que ha pasado, y créeme si te digo que no me está gustando nada.

–¿Cómo que sabes de que se trata? ¿Sabrías acaso darme información? –preguntó entonces Pellicer.

–Querido amigo, yo conozco ese sitio porque hace tiempo estuve ahí, aunque no sé si es buena idea hablar de ello.

–Padre, confía en mí, tengo veinticinco años de experiencia sobre mis manos.

–Te daré la dirección, pero, por favor, que no se te suba el poder a la cabeza.

Y, pasado un tiempo después, ya con los nuevos datos proporcionados, Pellicer, acompañado de varios agentes de policías, tomaría camino hacia la finca donde los hechos acontecieron.

Mientras, en esta, los tres hermanos dejaron el coche aparcado en la puerta del casoplón para después entrar allí. No mucho más tarde, cuando quisieron subir a la planta de arriba y entrar en la habitación de los hechos, pudieron darse cuenta de que la víctima había escapado.

–¡Se ha ido! –exclamó Gray.

–No pasa nada, tampoco creo que pueda estar muy lejos de aquí –respondió Matt–, esta finca se encuentra apartada de la sociedad.

–En cualquier caso, lo mejor es traerla de vuelta cuanto antes. No nos podemos permitir ser descubiertos –afirmó Ed.

–¡Ten por seguro que lo vamos a hacer! Matt, ve con el coche y revisa la finca. Ed, tú busca en la planta baja y en el sótano. Y yo me encargaré de mirar por esta zona. ¡Manos a la obra!

E, inmediatamente, cada uno de ellos empezaron a buscarla por los lugares donde Gray había indicado. Este se quedó solo en la planta de arriba.

Entró en la habitación de enfrente y observó debajo de la cama y en el armario; luego después buscó en el cuarto de baño, pero ya cuando quiso salir de allí… ¡Zas! Dos luces azules aparecieron delante de sus ojos cegándole por completo.

En ese mismo instante Ed, en el sótano, escuchó un fuerte golpe sonar. Pero, lejos de perturbarse por ello, entró en la sala de la segunda a la de derecha. Allí pudo ver que los cadáveres de las otras mujeres habían desaparecido. Además, cuando se acercó a la mesa de experimentos, observó el cadáver de un roedor con el que se habían previamente realizado diversas pruebas. Después, al mirar hacia atrás, se dio cuenta de la taquilla rota y una abolladura en la pared.

–Alguien ha entrado aquí seguro –afirmó.

Acto seguido a eso, sacó su teléfono y marcó el número de su hermano Gray, el cual, según se podía ver, estaba fuera de servicio.

–¡Ay leche! –exclamó entonces al no recibir contestación.

Apenas ese mismo instante, se escuchó a alguien bajar por las escaleras. Ed, con cierto escalofrío, salió de aquella sala armado con un machete. Ahora, el pasillo había quedado completamente oscuro, salvo por dos luces azules que se veían al final.

–¡¿Hola?! ¡¿Quién eres?! ¡Ven aquí si tienes huevos! –gritó.

Entonces, las luces desaparecieron y volvieron a aparecer algo más cerca. Poco a poco, con algún que otro parpadeo, se iban acercando a él hasta tenerlas a solo unos metros de distancia. Pronto Ed comenzaba a presenciar la forma de una joven.

–¿Me buscabas? –preguntó Margot.

–¡Niñata escurridiza! Puede que te librases de tu cama, ¡pero no escaparás de mí!

Muy confiado de sí mismo, aquel tipo trató de golpearla con el machete. No obstante, ella esquivó el golpe y, acto seguido, lo agarró con fuerza por la garganta y lo levantó por alto. Rápidamente, Ed se iba quedando sin aire y todo el forcejeo por soltarse no tuvo éxito alguno. La joven esperó casi un minuto hasta que aquel asesino quedara inconsciente para después, lenta y cuidadosamente, dejarlo caer al suelo.

No mucho después, Matt entró en la casa formando alboroto y armado con una pistola. No pudo evitar llevarse un susto al encontrar, a primera vista nada más abrir la puerta, al cadáver de su hermano Gray en las escaleras. Este tenía signos de haber sido brutalmente agredido.

–¡¿Quién anda ahí?! ¡Manifiéstate! –exclamó sin moverse de la entrada con la pistola en alto.

De forma casi inmediata pudo notar como alguien subía las escaleras del sótano e intentaba golpearle en la cara. Afortunadamente para Matt, logró abatir a aquello con un rápido disparo en la cabeza. Luego de eso, se dio cuenta de que se trataba de Margot.

–Pues nada, ya la maté –afirmó.

Acto seguido, se la echó en hombros dispuesto a llevársela con el fin de descuartizarla y enterrarla. Pero entonces, pero cuando quiso salir de la casa, llegó a notar que el cuerpo de la joven aún se movía. En ese preciso instante redujo la velocidad de sus pasos algo sorprendido y, apenas segundos después, recibió un mordisco en el brazo.

Era tan fuerte la mordida de la joven que Matt, a la desesperada, tuvo que darle cuatro disparos en la cara para quitársela de encima. Pero después, cuando Margot se recuperó, se situó delante del coche. Matt intentó abatirla de nuevo, pero entonces, cuando se quiso dar cuenta, se había quedado sin munición. Así que, ya con el fin de salvarse de aquella diabla, optó por huir de la zona lo más rápido que pudiera.

Y, aprovechando semejante ocasión, la joven se sacó manualmente las balas que tenía incrustadas en su cuerpo, para después montarse en el coche de los hermanos y abandonar la finca.

CAPÍTULO 5:

INVESTIGACIÓN DEL CASO

Diecisiete de noviembre, diez en punto de la mañana, momento en el que Gustav Pellicer, acompañado de tres agentes de policía, llegó hasta la finca de los hermanos Benson.

—¡Para el coche! —ordenó al agente Smith, aquel que conducía el coche de policías.

Este, el más viejo de todos los acompañantes, tal como le había ordenado Pellicer, detuvo el vehículo frente a la cancilla, sin llegar a atravesarla. Desde allí se podía observar una colina donde, y en la cima de esta, se hallaba el casoplón de los hermanos.

—Pero Pellicer, ¿por qué nos detenemos aquí? ¿No es más fácil subir hasta la casa de ahí? —sugirió Mila mientras señalaba con la mano hacia la cima.

Ella, otra de las acompañantes, se trataba de una chica joven que acababa de entrar hacía poco en el cuerpo de policías. Pellicer ignoró por completo aquello que le dijo.

—Yo creo que Mila igual puede tener razón, tal vez dentro de una casa puede ser más fácil encontrar pruebas —sugirió Josh, el otro de los agentes que acompañaba al detective.

—No Josh, si te fijas bien, la puerta de la cancilla se ha quedado abierta. Además, se puede ver una clara señal de neumáticos en el suelo —afirmó Pellicer señalando hacia abajo—. Con lo cual, esto puede ser un indicativo de que los captores han escapado.

–Bueno, pero para llegar hasta la casa…

–Iremos a pie, será lo más útil para no dejar pasar ninguna prueba por el camino.

–Oye, ¿y eso que se ve ahí? –saltó el agente Smith señalando hacia un bulto que se podía ver en la hierba no muy lejos de la cancilla.

Y, cuando se acercaron hasta este, observaron que se trataba del cadáver de una persona bastante conocida por el agente Smith.

–Decidme, por favor, ¡que esto no ha pasado de verdad! –exclamó entonces casi incapaz de contener las lágrimas de tristeza.

–Es el exagente Benson, confirmado –contestó Josh.

–¿Pero…? ¿Por qué? ¿Quién iba a odiar a Matt tanto como para querer asesinarle? –se preguntaba agente Mila–. Él siempre fue un excelente policía.

–¡Cualquiera sabe! Nunca tuvo muy buena relación con sus hermanos –aclaró Smith.

–De cara al público puede que no, pero siempre he tenido mis dudas –afirmó Josh.

–Yo estoy casi convencida de que ellos han tenido algo que ver.

–Pues yo creo que no –afirmó el detective Pellicer al tiempo que examinaba al cuerpo sin vida de Matt–. Por lo que puedo observar, tiene una herida profunda en el brazo que parece ser un mordisco, ha tenido que morir a causa del sangrado. Con dicha suposición, los tres agentes de policía se quedaron pensativos por unos segundos.

—Igual ha podido ser mordido por un oso —intuyó Mila.

—Lo dudo mucho, dada la agresividad de los osos de la zona, de haber sido el caso, es muy poco probable que se hubiera conformado solo con morderle —aclaró el detective—. Además, según puedo ver, la mordida tiene forma de dentadura humana.

—¿Forma humana? —preguntó Smith sorprendido—. ¿Pero qué clase de persona iba a tener tanta fuerza de mordida como para matar a alguien?

—Es una buena pregunta, pero este es solo el comienzo de la investigación. En fin, Mila, tú quédate aquí vigilando el cadáver, el resto venid conmigo hacia la casa.

Y, dicho aquello, Pellicer, junto a los otros dos agentes, subió la colina y, al llegar al casoplón, encontró entreabierta la puerta de entrada. Sin pensarlo siquiera, le dio un suave empujón para abrirla en su totalidad.

—¡No fastidies! —exclamó Josh tratando de taparse la cara a causa de un buen susto.

Pero Pellicer, que llevaba décadas de experiencia en casos similares, entró de forma tranquila, como si el miedo no habitara dentro de su alma.

El agente Smith, por su parte, no tardó en darse cuenta de que se trataba de Gray, el hermano mayor de los Benson, que según afirmaba, lo había arrestado hacía tiempo en una ocasión.

–Igual no fuesen sus hermanos los que asesinasen a Matt –confirmó el agente antes de que a Pellicer le diera tiempo a empezar a examinar el cuerpo–. Pudo haber sido al revés y que luego Matt muriese desangrado por el mordisco.

–Según puedo observar, ha sido golpeado varias veces en la cabeza –explicó el detective–. También posee alguna que otra fractura abierta. Ha debido de ser empujado por las escaleras y, ya en el suelo, atacado brutalmente.

–Separémonos y busquemos por la casa –sugirió Josh –. Así tal vez daremos con más pistas.

–¡Me parece bien!

Dicho aquello, el agente Smith se quedó vigilando el cadáver del hermano mayor, mientras que Pellicer, acompañado de Josh, fue explorando todas y cada una de las habitaciones de la casa, pero nada relevante, estaba todo limpio y ordenado. Salvo por el hecho de observar una ventana rota en una de las habitaciones; la misma por la que Margot tiró el manual del armario la noche anterior.

–Alguien ha debido de tirar algo por aquí, pero no hay muestra de sangre alguna –afirmó el detective.

–Igual en la planta baja podamos dar con mejores pistas –sugirió Josh

Sin embargo, en esta otra planta, tampoco hubo nada que pudiese aportar demasiado al caso. Una cocina, una bodega, una sala de estar, pero no mucho más.

No fue hasta el momento de explorar el sótano cuando encontraron tirado en medio del pasillo al cadáver del hermano menor. También, antes de entrar en el laboratorio, observaron la celda con el esqueleto al final del pasillo. Como esta tenía los garrotes doblados, Pellicer se metió por allí, dispuesto a analizar los huesos. El agente Josh, simplemente, observaba como el detective hacía su trabajo.

–¡Este esqueleto es de plástico! –afirmó luego de palpar uno de los huesos del brazo.

Acto seguido, ambos procedieron a entrar en el laboratorio. Allí pudieron dar con pistas que parecían ser útiles para la resolución del caso, como por ejemplo el cadáver de la rata o la taquilla destrozada. Para ambas pruebas, Pellicer tomó varias fotos.

Sin embargo, lo que más llamó la atención a al detective, fue un cuaderno hallado en el laboratorio donde, en una de las hojas, pudo observar varios dibujos que parecían haber sido realizados por un niño de tres años de edad.

–Creo que ya tenemos pruebas útiles, ¡podemos volver a casa! –aclaró entonces mientras guardaba el cuaderno en su maletín.

Y, ya después de haber revisado la casa y encontrados los cadáveres de los tres hermanos, solo se podía llegar a dos hipótesis: bien Margot podría haber escapado, pero no sin antes luchar contra ellos; o bien, podrían haberse matado entre sí. Esta última teniendo en cuenta aquello que aclararon los agentes sobre Matt.

Pero la duda se alteró de repente cuando, al salir de la casa, Pellicer encontró varias balas tiradas en el suelo. Tenían pinta de haber sido disparadas previamente, pero no se podían percibir signos de sangre.

–¡Esto es increíble! De verdad, no entiendo quién iba a gastar la munición así a lo tonto, tengo que confesar que este caso me ha dejado incluso a mí sorprendido – aclaró el detective mientras recogía aquellas balas una por una.

Pero cuando parecían haberse recopilado bastantes pruebas, durante el viaje de regreso, Pellicer y los agentes se cruzaron con, lo que venía siendo, un accidente de tráfico en medio de la carretera. Se trataba de un coche azul que había caído por un puente provocando que un autobús colisionara con un camión y dos motocicletas.

En el momento en que pasaron por allí la ayuda ya estaba organizada y los servicios de emergencia se encontraban atendiendo a los heridos. No obstante, el detective mandó a parar el coche una vez más.

Fue entonces cuando observaron a una grúa sacando del puente lo que, posiblemente, podría tratarse de una de las pruebas decisivas para resolver el caso. Era coche azul y, cuando Pellicer quiso tomar una foto a la matrícula, enseguida llegó a darse cuenta de que se trataba de la misma que Anderson había proporcionado a los agentes de policía. Ante tal situación se detuvieron en la zona para hablar con el hombre que conducía la grúa.

–Discúlpeme, mi nombre es Gustav Pellicer y trabajo como detective. Actualmente estoy llevando a cabo la investigación sobre el caso de la desaparición de Margot Hagrain. Por lo que he podido observar la matrícula de ese vehículo coincide con la del vehículo en el que la chica podría haber sido secuestrada. Con su permiso, le pediría encarecidamente que me dejara examinarlo.

Y durante el resto ese día, Pellicer lo pasó en un laboratorio de investigación, junto a un equipo de científicos, investigando todas y cada una de las pruebas recopiladas. Si bien, el vehículo tenía dañada la carrocería y pareciera que alguien hubiese sido expulsado por el cristal, no se encontró una sola gota de sangre ni rastros de huellas dactilares de la joven.

Sin embargo, se intuyó que Margot podría haber conducido aquel coche en el momento de la huida y que existía la posibilidad de que estuviera en la finca situada debajo del puente. Ante tal suposición, en la villa de

Canterbury, esa misma tarde, un grupo de ciudadanos buscarían a la joven por dicho lugar.

Ese mismo día, también, se celebraron numerosos entierros, en total, diecisiete; los muertos que hubo en el accidente. Se trataba de los dos conductores de las motocicletas, uno de los pasajeros del camión, el conductor del autobús y trece de los pasajeros. En lo que respecta la cifra de heridos, se contabilizaron once, seis de ellos de gravedad.

En cuanto a las edades de las víctimas del accidente variaban desde los dos hasta los ochenta años de edad. Y entre todas ellas se halló Mara, una de las mejores amigas de Margot.

En una villa como Canterbury, hacía muchísimo tiempo que no morían tantas personas a la vez. Ese día hubo que lamentar un total de veinte pérdidas, aunque los cadáveres de los hermanos Benson quedaron bajo custodia policial para ser inspeccionados más a fondo.

Pero el detective Pellicer no tenía claro que datos comunicar, el equipo de investigación tampoco pudo detectar ninguna muestra de ADN ni nada por el estilo en el cuerpo de los hermanos, solo se sabía cómo murieron, pero no quién los asesinó. Era como si todas las pruebas hubieran sido borradas de forma automática.

Ese mismo día, ya sobre las ocho de la tarde, después de terminar con su jornada laboral, Pellicer asistió al entierro de las víctimas del accidente. Allí se reunió con el padre Paul.

–Cuéntame Pellicer, ¿cómo vas con el caso de la desaparición de Margot? –preguntó este.

–No sé qué decir, he visto un montón de cosas raras, y mira que yo soy experto en estas cosas…

–¿Sabes que es más raro que esto? Que en una villa de apenas tres mil ochocientas personas tenga que dar una misa para diecisiete entierros en un solo día. ¡Vayan con Dios las víctimas del accidente, solo él puede salvarles!

–Pues a mí me parece que ese accidente ha sido causado intencionalmente, de hecho, revisé el vehículo, pero aún me faltan pruebas.

–Yo también lo sé y sin tener que investigar nada, ¡da gracias a que sigues con vida!

–¿Perdona?

–Amigo mío, si te dije que no fueses a esa finca lo hice por una buena razón, ya tú sabes la gran estima que siempre te he tenido.

–Padre Paul, no es la primera vez que te lo digo, pero tú y yo vivimos en distintos planetas.

–Por cierto, ya solo por curiosidad, ¿qué has encontrado? Enséñame algo, a lo mejor te puedo ayudar con lo que sé.

Y, ante tal petición, dudando por completo de su amigo, procedió a mostrarle una foto de los dibujos que había encontrado en el cuaderno de laboratorio.

Sorprendentemente para el detective, el sacerdote enseguida supo identificar el significado oculto detrás de los garabatos.

—Esto tiene que ver con una secta de que existió en la década de los ochenta —afirmó—. Fue creada por Gray Benson, el padre de los tres hermanos, durante su época de juventud. Mi padre perteneció a ella por muchos años, Dios le tenga en su gloria.

—Cuéntame más.

—No sé si esto va a ser buena idea, por favor, no rasques demasiado si no quieres tener problemas.

—Padre Paul, ¿cuándo he fallado yo algún caso?

CAPÍTULO 6:

LA LEYENDA DE CUOS

Dos de julio de mil novecientos ochenta y dos, día marcado como el inicio de la catástrofe. Ese mismo día Robert Benson, uno de los grandes terratenientes de Canterbury, veraneaba junto a su familia en el casoplón de su finca, el mismo que había mandado a construir tras una larga vida de sacrificios en la era sumado a años en el servicio militar.

Minutos antes del alba, Ely, la mujer de aquel hombre, se encontraba dando a luz a la que sería la menor de sus cuatro hijos, y la única hembra que habían tenido. El mismo Robert, con su cariño y dedicación, se encargaría de atender el parto.

Era una hermosa bebé, con ojos azules como perlas y la piel clara como el color de la esperanza. Paloma, como la misma paloma de la paz, ese sería el nombre con el que llegaría a ser bautizada la niña. Ambos progenitores, con el nacimiento del nuevo individuo en la familia, se sentían, sin llegar a dudas, los padres más afortunados de todo el condado. Pero un suceso estremecedor cambiaría para siempre la vida de la familia.

–¡Ey Robert! –le decía uno de sus criados.

–¿Qué pasa ahora? –contestó.

–Su hija no se mueve en absoluto, está completamente dormida.

Ante tal aviso, de forma inmediata, el terrateniente entró en la habitación de su hija. Lo antes que pudo se apresuró a quitarle las sábanas, cuando entonces, no tardó en darse cuenta de que la bebé había quedado dormida para nunca más despertar.

Robert quedó destrozado; sin más. Toda la ilusión que había estado poniendo durante nueve largos meses se acababa de esfumar como el viento. El joven criado abrazaba al hombre con tal de consolarle cuando este, tras varios segundos callado, saltó:

—¡Aquí no ha pasado nada!

Tras aquel suceso, Robert, lejos de querer contarle nada a su mujer, ordenó al criado a enterrar a la bebé en un árbol a pocos metros del casoplón al tiempo en el que él se acercaba a la ciudad para visitar a una de las más macabras personalidades conocidas en el estado de Oregón.

Pio Lorence, médico de profesión y traficante de bebés en las sombras, quien, por diez mil quinientos dólares, entregó una niña a Robert. Era de piel clara y ojos azules, muy parecida a la bebé que Ely había dado a luz.

Cuando Robert le entregó esa criatura a su mujer ella nunca notó la diferencia, ni, mucho menos, supo del trágico final que su hija biológica había tenido. La joven Paloma creció y tuvo una vida como cualquier otra niña normal de clase alta mientras que su madre no podía dejar de sentirse orgullosa de tener a la niña más linda en su casa.

Pero Robert, por tal acto desleal, fue condenado por el mismísimo Dios a vivir con el remordimiento. Su conciencia se había vuelto pesada, tanto que, a partir de aquel entonces, todas las noches, sin que nadie lo viese, se inclinaba frente a aquel árbol donde había mandado a enterrar a su hija, a llorar por su muerte.

–Querida Paloma, nunca tuviste una existencia en este mundo, solo espero que, allá donde estés, puedas perdonarme algún día –decía lamentándose noche sí y noche también–. Papá te quiere más que nada en el mundo, ¡y nunca te dejará de querer!

La rutina de lamentaciones se repetía una y otra vez, durante todas las épocas del año a lo largo de una década y cuatro años más. Poco después de que la niña comprada hubiese cumplido los catorce años de edad.

La noche del doce de julio del noventa y seis, un verano como cualquier otro de los de atrás, sucedería lo inexplicable. Robert, ya como de costumbre, se encontraba lamentándose en el mismo lugar de siempre cuando entonces, un fuerte viento lo golpeó por detrás. A causa de ello chocó contra el tronco del árbol, provocándole una herida en la nariz.

En un acto reflejo, el hombre intentó moverse y gritar todo lo que podía, pero el viento comenzó a soplarle también desde los laterales. Era tan fuerte que Robert no podía separarse del tronco del árbol y apenas podía mover los músculos de su cuerpo.

Fueron más de quince minutos de gritos y forcejeo cuando por fin, el viento se detuvo bruscamente en su totalidad. Robert, sencillamente, cayó rendido al suelo, sin energía ni fuerzas para moverse o hablar.

Aprovechando que el hombre había quedado debilitado, una criatura extraña comenzaba a aparecer desde las sombras. Se trataba de un hombre con cabeza de lobo, armado con un machete y con una especie de luz azul que lo hacía invulnerable. Poco a poco, esta se iba acercando hacia él.

–Q… Q… ¡¿Qué quieres de mí?! –trataba de decir asustado.

–Vengo del más allá, a buscar el equilibrio sobre tu subconsciente –contestó aquella criatura.

Y, pronunciadas aquellas palabras, el demonio se apoderó del cuerpo de Robert. A causa de esto, los ojos del terrateniente se tiñeron de un color azul brillante mientras que su piel se volvía más pálida y clara, y su pelo moreno al tiempo que sanaban todas sus heridas. Sin pensarlo más, se levantó del suelo para dirigirse a un cobertizo donde se armó con un hacha.

—¿Qué vas a hacer? —preguntaba tratando de resistir la posesión.

—¡Lo que debí haber hecho catorce años atrás! —le contestó.

Robert había perdido por completo el control de su cuerpo y ahora el demonio lo condujo hacia dentro del casoplón donde, una vez allí, se dirigiría a la habitación de su hija Paloma, la cual, se encontraba plácidamente dormida sin ser consciente de los hechos.

El demonio había guiado al terrateniente hasta situarse en una posición tal que pudiera decapitar a su hija de un solo hachazo. Afortunadamente, este no pudo evitar gritar para oponer resistencia.

—¡No! ¡No! ¡No!

Paloma, tras escuchar los gritos de su padre, no tardó en abrir los ojos.

—Papá, ¿qué estás haciendo? —preguntó asustada.

—Lo siento mucho, hija, no olvides que papi siempre te querrá —contestó—. ¡Aunque tenga una deuda con tu vida! –gritó después con la voz del demonio a la vez que trató de golpearla con el hacha.

En un acto reflejo, la joven se movió para esquivar el hachazo, provocando que fuese golpeada en el hombro. La pobre chiquilla, malherida, trató, lo más que pudo, de evitar el resto de golpes al tiempo que no dejaba de gritar de dolor. Su madre, al escucharla, no tardó mucho dirigirse corriendo hacia su habitación.

–¡¿Qué está pasando aquí?! –exclamó Ely nada más entrar.

Fue en ese mismo momento cuando Robert propició a su hija la estocada final, la cual fue dirigida a las arterias carótidas. Paloma no pudo evitar morir a causa del sangrado. Ante tal suceso, la madre de la niña no pudo evitar quedarse en shock.

–¡Robert! ¡¿Qué has hecho?! ¡¿Cómo pudiste matar a nuestra hija?! Eres… Eres… ¡Eres un monstruo! –gritaba dolorida.

–Llámame como quieras, ¡pero al menos nunca más tendré que negar los hechos!

–¡Mi hija! –decía ella llorando.

–Tú serás la siguiente en morir, ¡bruja!

Acto seguido, Robert lanzó el hacha hacia su mujer, pero ella logró esquivar el arma para luego agarrarla y armarse de valor para luchar.

De tres hachazos, su marido cayó al suelo malherido. Ely no podía evitar sentirse arrepentida por lo que acababa de hacer. Ese hombre acababa de matar a su hija más querida, sí, pero, a fin y a cuentas, se trataba del hombre a quien toda su juventud le había entregado.

No fue hasta unos veinte segundos después cuando Robert regeneró sus heridas y se levantó del suelo dispuesto a volver a pelear.

–¿Q...? ¿Cómo? –preguntaba su mujer sin entender nada.

–Lección de vida, nunca trates de luchar contra un demonio.

Y de un solo pellizco en el abdomen, Robert fue capaz de arrancarle las tripas junto a varias vísceras internas a su mujer; Ely no tardó en morir desangrada.

Pero aquel demonio, lejos de quedarse conforme con eso, quería que Robert matase también a sus tres hijos. Dos de ellos, los cuales eran mellizos, murieron asesinados antes de que pudieran darse apenas cuenta de ello. Después, llegó el turno de Gray, el hermano medio de la familia, que contaba con solo dieciséis años de edad.

–Papá, ¿por qué lo hiciste? –preguntaba entristecido.

–Lo siento hijo, solo espero que algún día puedas perdonarme.

Entonces, armado con el hacha, Robert persiguió al joven a lo largo de todo el pasillo y las escaleras, hasta terminar bajando por el sótano, a la segunda puerta a la izquierda, una sala completamente vacía. El muchacho permaneció allí, sentado y encogido en el suelo.

—¡Sé dónde estás hijo! ¡No creas que vas a escapar de mí! —gritaba su padre desde el fondo del pasillo.

El joven Gray, sin contener las lágrimas de tristeza, agarró el dije del colgante de cruz que llevaba y comenzó a besarlo.

—Jesucristo, por favor, acógeme en el reino de los cielos —rogaba desesperadamente, ya consciente de que iba a morir.

Casi en el mismo instante su padre, poseído por aquel demonio maligno, entró en la sala dispuesto a acabar con él.

—¡Prepárate hijo! Estas serán tus últimas…

Pero, por sorpresa para ambos, Robert fue cegado por una luz blanca, la cual le provocó quemaduras e hizo que se apartara de allí a varios metros de distancia. El joven Gray, mirando el dije de su collar, enseguida pudo darse cuenta de que se trataba. Agarrando este, se levantó del suelo y trató de acercarla hacia la cara de su padre. Pronto pudo ver como los ojos de Robert se quemaban.

No pasó mucho tiempo después cuando cayó al suelo rendido y una especie de humo azul escapaba rápidamente de su cuerpo y se desvanecía en el aire. Luego después, Robert, ya liberado, pudo levarse del suelo para dar las gracias a su hijo, algo que él en principio no llegó a entender.

–Soy un monstruo, he matado a mi familia, pero ahora, tengo el deber de equilibrar el karma. Paloma es una niña comprada, tu hermana real murió a las pocas horas de nacer, lo sabía y nunca llegué a decir nada. Solo te pido una cosa, sé muy feliz, es lo único que podrá salvarte de la posesión de Cuos –le advirtió su padre, conociendo ya entonces al nombre del demonio.

–¿Quién es Cuos? –preguntó Gray sin entender nada.

Pero su padre no llegó a contar nada más. Debido a los actos cometidos por la posesión de aquella criatura, Robert Benson fue condenado a la pena capital. Y, a partir de entonces, su hijo acabaría en un internado católico donde pronto iniciaría sus estudios en teología.

Allí, el joven Gray, con aquellas palabras que le había contado su padre sumado a sus propias hipótesis religiosas, generó una especie de secta satánica la cual no tardó en ganarse el apoyo de la mayoría de los seminaristas.

Según contaba la leyenda, un demonio escapó del infierno y pidió a Dios la oportunidad de entrar en el cielo, algo a lo que este se negó. Entonces, con el fin de vengarse de aquella decisión, ese demonio permanecería en el mundo terrenal, a la espera de almas débiles e indefensas.

Según supuestas palabras de aquel demonio, juraría destrozar la vida a todo aquel que se cruzara en su camino hasta que Dios lo aceptase en el reino de los cielos. Para ello, se aprovecharía de las personas más desesperadas, llevándolas a pecar para apartarse del camino divino.

Aquellos que fuesen controlados por él, prácticamente, desarrollarían una serie de poderes que los volverían invencibles ante cualquier mortal. Todo eso, salvo por una pequeña debilidad que para Gray no pasó desapercibida: la cruz cristiana, lo único que podía vencer a Cuos.

El nombre del demonio aún sigue siendo un misterio para múltiples comunidades religiosas, no obstante, algunos teólogos afirman a que su significado puede ser *"Cánido Oscuro"*, según supuestas lenguas del infierno.

CAPÍTULO 7

DOS LUCES ENTRE LA SOMBRA

Dieciocho de noviembre, seis y cuarto de la tarde. Después de horas y horas de exploración, los ciudadanos no encontraron ni rastro de Margot, pero sí al terminar reportaron cinco cadáveres hallados en el bosque y tres personas desaparecieron. Como era de esperar, Pellicer de inmediato fue alertado con esa nueva información.

–¡¿Cómo era posible que hubiese tantas muertes en tan poco tiempo?! –se preguntaba.

De los cinco cadáveres, al examinarlos más a fondo, tres de ellos tenían signos de haber sido golpeados con violencia, mientras que otro fue estrangulado y el otro había caído despeñado por un monte, pero ninguno tenía rastros de huellas dactilares.

No obstante, el escepticismo del detective le llevaba a negar aquello que le contó su amigo sobre la leyenda de Cuos. Pese a ello, sí que sospechaba que Margot pudiera estar implicada con los actos sucedidos. ¡Tenía que dar con ella cuanto antes!

Según tenía planeado, esa misma noche, acompañado por los agentes de policías, acudiría al mismo bosque donde la población había estado buscando a la desaparecida. Ya no solo por dar con ella, también por resolver el misterio de las sucesivas muertes. Pero antes de llevar a cabo su plan, se encontraba cenando junto al padre Paul en la cafetería McKinsey.

–Entonces, ¿dices que esta noche vas a ir a buscar a Margot? –preguntó este.

—No solo voy a buscarla a ella, ¡pienso averiguar cuál es la causa de todas las muertes de esta semana!

—Yo que tú no me arriesgaría, ese demonio…

—¡Date cuenta de una vez! No existen los demonios o al menos no en el mundo terrenal. En cualquier caso, me acompañan agentes de policías.

—Perdona, no he podido evitar escuchar lo que estabais diciendo —aclaró Anderson—. ¿Dices que esta noche vas a buscar a Margot?

—¡Ten por seguro que lo voy a hacer!

—¡Me alegra un montón que digas eso! Echo tanto de menos a mi amiga…

—¿Quién no iba a echarla de menos? ¡Era una chica maravillosa que siempre trataba bien a todo el mundo! —contestó Paul.

Y, justo después de que ambos terminaran de cenar, Anderson cerró el local al tiempo que Pellicer se reunía con los agentes de policía para marcharse hacia el bosque. El padre Paul, en cambio, consciente de que su amigo corría grave peligro si él no intervenía, se dispuso a seguir el coche de policías sin que ninguno de ellos se llegara a dar cuenta.

Al cabo de un rato, el agente Smith aparcó el vehículo en aquel bosque solitario donde ya no se podía ver nada más que simple oscuridad. Pellicer, decidido, se bajó, sacó una linterna y apuntó hacia los árboles que se situaban en su frente.

–Bien, ¡que comience la investigación! –exclamó al tiempo que los otros agentes, lenta y cuidadosamente, se bajaban del vehículo.

Tras ello, los cuatro caminaron por el bosque sin separarse los unos de los otros. Era una noche cálida y silenciosa pese a la oscuridad, ninguna criatura parecía despierta a esas horas.

No fue hasta al cabo de unos cien metros más adelante cuando por fin se pudo observar una luz azul brillar entre los árboles, esta, de forma inmediata, desapareció.

–¡Por aquí hay algo sospechoso! –indicó el detective.

Los tres policías, ante tal hallazgo, no pudieron evitar temblar de escalofrío. Pero Pellicer, sin dar explicación alguna, continuó caminando en la dirección de donde había visto esa luz. Los agentes no tuvieron más remedio que seguirle.

Mila, que se había quedado la última de los cuatro, al cabo de unos pocos metros más escuchó un silbido proveniente de detrás suya, y no parecía ser muy lejano. Pero antes de que tuviera tiempo para darse la vuelta y ver qué pasaba, alguien la agarró por la coleta y tiró de su pelo con semejante brutalidad que la pobre muchacha terminó descoyuntada. La muerte fue tan repentina que apenas tuvo tiempo para gritar.

—Oye, ¿habéis visto a Mila? —preguntó Josh preocupado, al cabo de un rato después—. Creo que no se le oye.

—Debe de estar cerca, ¿no? —afirmó Smith al tiempo que miraba hacia atrás preocupado.

Fue en ese mismo entonces cuando una enorme piedra fue lanzada y quedó incrustada en la cabeza del agente Smith. Josh, en un acto reflejo, sacó su pistola y apuntó hacia el lugar de donde parecía venir la piedra. No tardó en ver dos luces azules, a las cuales, pronto disparó y terminó apagando. Enseguida pudo notar que le había dado a algo.

Ya aliviado, bajó la guardia y continuó caminando detrás del detective. Y, veinte segundos después, las luces azules aparecieron de nuevo, esta vez mucho más cerca de Josh y podía verse claramente la sombra de una chica.

Sin pensarlo dos veces, el agente trató de subir el arma para disparar cuando entonces alguien le clavó los dedos índice y corazón en sus ojos y, casi al mismo instante, extendió la mano hacia arriba, arrancándole así la mitad superior de su cabeza.

Los tres agentes de policía acababan de ser asesinados, pero Pellicer, tan empeñado en resolver el caso, aún no era consciente de ello. Segundos después, desde sus espaldas, los ojos de Margot emitieron un reflejo, como si de una linterna se tratase. El detective enseguida presenció su sombra reflejada en el suelo entre una luz azul. Sorprendido por tal suceso, no tardó en mirar hacia atrás.

—¿Margot? —se preguntó sorprendido.

Pero sin tiempo para decir nada más, la joven lo agarró con fuerza por el brazo, provocándole una fractura externa y, acto seguido, le pateó la rodilla al tiempo que lo tiraba al suelo. Luego de eso, se subió encima del detective para después golpearle con fuerza en el abdomen, provocándole fracturas en sus órganos internos. Y, apenas segundos más, se le abalanzó sobre el cuello, mordiendo lo más fuerte que podía.

Pero cuando la joven estaba a punto de matar al detective una intensa luz blanca comenzaba a quemar sus retinas al tiempo que provocaba intensas quemaduras en su piel las cuales, esta vez, parecían no regenerarse.

En pocos segundos, Margot había perdido prácticamente sus poderes. Por lo que, ya muy debilitada, no tuvo más remedio que soltar a Pellicer y alejarse del lugar. Y este, muy malherido, observó la figura de un hombre de mediana edad que se acercaba. Era su amigo el padre Paul, armado con una cruz cristiana. Este pronto se detuvo frente a él para mirar hacia el suelo y decirle las siguientes palabras:

—¡Mira que te advertí que no desafiaras a los demonios! Espero que esto te sirva de lección para la próxima.

CAPÍTULO 8:

EN BUSCA Y CAPTURA

Diecinueve de noviembre, diez y media de la mañana, momento en que Gustav Pellicer despertaba en el hospital de Portland. El padre Paul le había salvado la vida. Después de lo acontecido en la noche anterior, Margot Hagrain, ya no solo sería buscada por desaparecida, ahora también podría tener cargos criminales.

A esa misma hora, en la villa de Canterbury, la señora Hagrain se encontraba junto al sacerdote en la cafetería McKinsey consultando el periódico del día.

—Entonces, ¿mi hija está viva? —preguntó.

—De momento sí, pero no sabemos qué ocurrirá después —contestó él—. Ha sido poseída por el demonio Cuos.

—¿Qué ha sido qué…? —preguntaba sin entender nada.

—Es una historia muy larga de contar, en cualquier caso, debe ser liberada antes de que la cosa vaya a más.

La madre de la joven apenas se atrevió a decir nada más. Mientras tanto, el caso continuaba estancado, en ninguno de los tres cadáveres de los acompañantes de Pellicer pudieron darse con pruebas que incriminasen a Margot como la asesina. Solo Pellicer y Paul eran los únicos que la habían visto en acción.

Este primero de ellos encendió la televisión de su habitación del hospital. Fue en ese entonces cuando se anunció en el canal de noticias la aparición del cadáver de una enfermera desnuda en un contenedor de basura. Había sucedido hacía apenas minutos y la misma trabajaba para el hospital donde el detective se encontraba ingresado.

Pellicer no pudo evitar temblar de escalofríos mientras desde el pasillo del hospital, poco a poco, se podían escuchar unos pasos acercarse cada vez más hasta que, segundos después, lenta y cuidadosamente, alguien abrió la puerta de la sala. Se trataba de una enfermera morena, alta y de ojos azules con una mascarilla, el detective no tardó en darse cuenta de quién era.

–M… M… ¿Margot? –decía tiritando de miedo.

–¡No se te ocurra alzar la voz! –le ordenó ésta al tiempo que se bajaba la mascarilla.

–¿Qué quieres de mí?

–Quiero que cierres mi caso.

–¿El de tu desaparición? ¿Cómo pretendes que vaya a hacer eso? ¿Y qué pasa con todas las muertes que has causado?

–Declárame por muerta y di que todos los demás murieron atacados por animales.

–¿Me estás pidiendo que emita un informe falso? Pero, ¿y qué pasa con tu familia? ¿Y tus amigos? ¿Y todas las pruebas anteriores? ¡Eso sería algo irreal!

–Tú eres el detective, ¡supongo que ya sabrás que hacer!

Pero Pellicer, ante tal situación de estrés, lejos de hacerle caso a la muchacha, lo más fuerte que pudo, se atrevió a gritar:

–¡Enfermera! ¡Enfermera! ¡Una psicópata me quiere matar! ¡Auxilio!

–¡Te advertí que te quedaras callado!

De forma inmediata, Margot tendió su mano sobre la boca y la nariz de Pellicer, impidiendo que respirara. El detective trató de hacer fuerza por librarse, pero era tanto lo poderosa que era la chica que no pudo hacer nada, salvo esperar hasta quedar asfixiado. Y, una vez hecho esto, la joven se fugó por el conducto de ventilación.

Tras esto, Margot intentó alejarse lo más pronto que pudo de la ciudad. Desde su desaparición, odiaba a los seres humanos y no quería que nadie supiera de ella nunca más. Poco después, varios enfermeros trataron, sin éxito, de reanimar al detective, quien fue declarado muerto a las pocas horas después.

Pero en esta ocasión, un detalle importante no pasó desapercibido y es que en el pasillo del hospital se hallaba una cámara de seguridad. Claramente, pudo verse a Margot como la última persona en entrar en aquella sala antes de que el detective llegara a perder la consciencia.

Ahora, ante la ausencia del detective, sumado a la peligrosidad del caso, las nuevas pruebas aportadas serían trasladadas al comandante George J. Griffin; exmarine de origen germánico con más de treinta años de experiencia en el servicio militar e importante reconocimiento a nivel nacional. Él y sus hombres serían los encargados de arrestar a la joven, recibiendo con ello recompensas astronómicas en caso de lograr el objetivo.

Pero el padre Paul, aún sin estar tranquilo, tomó la decisión de visitar al sheriff del condado para advertirle seriamente del caso.

–Por favor, ¡dime dónde está ese hombre! Creo que lo más sensato será que vaya con él –le pidió.

–Lo siento padre, pero no te puedo decir nada. Esta misión es muy peligrosa para simples personas como tú o como yo –contestó el sheriff.

–¡Esa chica está poseída por un demonio! ¡A ver si os enteráis de una vez! El comandante Griffin no conseguirá detenerla, ¡tiene poderes sobrenaturales!

–Mira padre, de verdad, haz el favor y ocúpate de atender tu iglesia, ¡y déjanos a nosotros con nuestros asuntos!

–No lo entiendes sheriff...

–¿Acaso nosotros nos metemos en lo tuyo y te decimos como tienes que dar la misa? ¡No! ¡Así que tú tampoco te metas en nuestro oficio!

Y, tras eso y una larga discusión, el padre Paul no consiguió otra cosa que cabrear al sheriff y marcharse defraudado de la oficina. Era consciente que tenía razón y lo que estaban haciendo los cuerpos de seguridad iba a ser una auténtica misión suicida.

Nadie le llegaría a hacer caso, pero, consciente de ello, lejos de quedarse de brazos cruzados, tomó la decisión más sensata que estaba dentro de sus manos: buscar a Margot para detenerla por su cuenta.

Para dicha misión, el sacerdote tendría que llamar a personas que estuvieran dispuestas a apoyarle, personas que tuviesen tanta fe en la iglesia como él: los jóvenes de la parroquia, su última esperanza para vencer a Cuos. Esa misma tarde, el sacerdote reunió a todos ellos en la iglesia de Canterbury.

—Mis queridos amigos —les anunciaba—, como ya sabéis, os he reunido aquí porque quiero hablar con vosotros. Supongo que ya sabréis bien las cosas que han pasado en estos días atrás.

—¡Fue algo bastante trágico! Lo sé —interrumpió uno de los jóvenes.

—¡Cállate tonto! —gruñó a este otro de los jóvenes a la vez que le daba una colleja—. ¡Que padre Paul nos va a decir una cosa importante!

—¡Joey no se pega! —le regañó el sacerdote—. Con esa actitud no vas a ninguna parte, ¡que no me entere yo que haces eso en el instituto! Ya te estás disculpando con tu amigo.

—¡Perdón! —se disculpó entonces, no con muchas ganas.

—Bien, pues como ya sabéis estos últimos días ha fallecido un montón de gente del pueblo y ninguna de las muertes se deben a causas naturales. La policía ya sabe que ha sido Margot la responsable de todo, pero lo que no me gusta nada de nada, es que se han atrevido a desafiarla.

—Eso es bueno, ¿no? —preguntó uno de los jóvenes.

—¡Claro que no! ¡Eso no es nada bueno! ¡Están desafiando a un temible demonio! Nadie quiere creerse que Margot ha sido poseída. Espero que no me toméis por tonto si os cuento la historia.

Pero aquellos chicos, lejos de pensar igual que el resto de la gente, depositaron su confianza en el sacerdote. Pronto se pudo ver reflejado el compromiso que estos pusieron para derrotar a Cuos. Y el padre Paul, muy orgulloso de ello, armó a los jóvenes con colgantes de cruces cristianas. Con ello tendrían la protección garantizada y, a su vez, podrían atacar a Margot.

Para llevar a cabo la batida, al padre Paul se le ocurrió que cada uno de ellos se dispersara por las calles de Canterbury y los bosques de alrededores. Y que, si uno de ellos encontrara a la joven, avisara al resto para atacar. El objetivo principal no sería otro que acorralarla para que no pudiera huir y, una vez hecho esto, liberarla de Cuos. ¡Ellos eran los únicos que podrían salvar el pueblo! En total, una veintena de jóvenes armados con colgantes participaron en la misión.

Por otro lado, en la otra misión, más de cien militares al cargo de Griffin se dispersaron por todo el condado. Ya fuera en bosque o en ciudad, por mar, por tierra o por aire, no descansarían hasta detener a Margot.

En uno de esos bosques, uno de los soldados pudo observar algo pasar de forma rápida a través de una montaña. Sin pensarlo más, apuntó con su metralleta y disparó hacia arriba.

—¡Creo que he visto algo! —afirmó.

Ante tal situación, los otros soldados que iban con él apuntaron también hacia la cima de la montaña. Fue en ese momento cuando una intensa luz azul les deslumbró a todos. Aprovechando la ocasión, Margot trató de escapar del pelotón de soldados hasta llegar, por error, a un barrio de las afueras de la villa de Canterbury. Allí no tardaría mucho en dar con una cara conocida.

–¿Margot? ¿Eres tú? –preguntaba Anderson sorprendido.

Ella se quedó mirando algo incómoda por unos segundos cuando entonces, lejos de lo que muchos pudieran esperar, se dispuso a abrazar a su amiga.

–¡Es genial por fin tenerte de vuelta!

–Sí… Es genial… Sí…

–Voy a decirle a todos que has regresado, ¡verás lo contentos que se van a poner!

–¡Ay mi niño como te quiero!

E instantáneamente, la joven empezó a besarlo en el cuello; Anderson había quedado sorprendido. Si bien, nunca se llegara a hablar del tema, a él le gustaba desde Margot hacía muchísimo tiempo y, ahora por fin, sentía que su sueño se había vuelto real.

Pronto, este también se dispuso a besarla y a mantenerla abrazada. Fue justo en ese momento la joven empezó a abrazarlo con más fuerza y, fingiendo que le estaba besando en el cuello, comenzó a morderle las carótidas. Sin darse cuenta de nada, Anderson sangró hasta morir en los brazos de su tan deseada amiga.

Luego de eso, Margot lo soltó y se limpió un poco la boca antes de escapar. Pero, cuando pretendía escapar de aquel barrio, dos militares aparecieron frente a ella.

–¡Señorita Margot deténgase y apóyese contra la pared con las manos atrás! –le ordenó uno de ellos.

Lejos de hacerles caso, ella se quiso dar la vuelta para huir por el otro y, justo allí, Griffin se encontraba apuntándole con una pistola.

–Se te ha acabado el chollo señorita, ya sabes bien que pasará si no te entregas –advirtió este.

Ante tal situación la joven miró por unos segundos hacia los lados tratando de buscar escapatoria.

–Vamos, ¡no nos hagas perder más tiempo! –insistió el comandante.

Pero entonces, de forma brusca y repentina, Margot lanzó una patada voladora con la que decapitó a los dos militares. Griffin, en un acto reflejo, disparó en la cabeza a la joven, provocando que cayera al suelo.

–Supongo que ya está cumplida la misión –afirmó justo después–. ¡Fue mucho más fácil de lo que creía! No sé ni para que nos llamaron.

Pero el comandante, como muchos otros más, desconocía por completo los poderes de aquella chica. Por lo que, en un abrir y cerrar de ojos, ella revivió y se le aventó encima para después arañarle el torso. Sin tiempo para reaccionar, Griffin cayó al suelo dándose un fuerte golpe en la cabeza al tiempo que las garras de la joven se quedaron marcadas y traspasaron la piel del comandante, provocándole un fuerte sangrado y cortes en sus órganos internos.

–¿De verdad creías que me ibas a vencer? ¡Estabas muy equivocado! –exclamó Margot.

Seguidamente, trató de matar al comandante de un pisotón en la cabeza, pero antes de que tuviera tiempo para llevar a cabo la acción, una luz blanca provocó que se apartara unos metros de él. Era un joven monaguillo, no de gran edad, quien apuntaba a Margot con un colgante de cruz. Este se detuvo junto con Griffin al tiempo que ella escapaba.

–¡Niño! ¿Qué estás haciendo aquí? ¡Esta misión es muy peligrosa para alguien como tú! –exclamó el comandante.

–No se preocupe señor, está todo organizado –contestó.

No mucho después, otro monaguillo llegó hasta el lugar de los hechos al tiempo que aquel niño trataba de atender al comandante, que parecía tener heridas de gravedad.

–¡Llama a emergencias! ¡Ahora! –le dijo al otro chaval.

Mientras tanto, Margot trataba de escapar del pueblo cuando entonces, en el otro lado de la calle, otro monaguillo la esperaba. En un acto reflejo, ella intentó esconderse dentro de un jardín cuando, sin que se llegara a dar cuenta, varios muchachos la vieron entrar allí.

–Se ha metido ahí dentro, ¡vamos! –indicó uno de los jóvenes.

En ese momento, tres monaguillos se dispusieron a ir tras ella, fue en ese instante cuando, sin que estos llegasen a darse cuenta de nada, Margot tiró con fuerza hacia atrás del collar de uno de ellos provocando que quedara inconsciente al romperle la tráquea. Acto seguido escapó lo más pronto que pudo del lugar.

Pero fuera del jardín, otros dos monaguillos se le acercaban y, más atrás, otros dos. La chica no tardó en presenciar como en apenas segundos estaba perdiendo sus poderes. A uno de los jóvenes logró abatirlo de una patada en la cabeza, pero eso no fue suficiente, ¡eran demasiados y estaba perdiendo su energía a un ritmo alarmante!

Pronto cayó al suelo y, una vez allí, entre unos cuantos se le acercaron para rodearla y apuntarle con las cruces. No obstante, Margot, a la vez que agonizaba, pudo agarrar a uno de ellos y apretarle lo más fuerte que podía, haciendo que los órganos internos del chaval se reventasen frente a la multitud. Si bien aquello pudiera ser algo turbio de presenciar para aquellos jóvenes, no fue algo que impidiese seguir luchando contra ella.

Fueron momentos después cuando el padre Paul por fin acudió al lugar de los hechos al tiempo que el comandante Griffin era trasladado al hospital. El sacerdote no solo iba armado con un colgante, también llevaba consigo un Jesucristo de madera, de esos que se suelen poner encima de las camas matrimoniales. Y, por si fuera poco, en la baca de su coche, llevaba al Cristo de la iglesia.

Ya para ese entonces, Margot había derrotado al grupo de jóvenes que la atacaba, no obstante, su energía se había reducido a un nivel considerable. Justo en ese entonces, cuando quiso mirar hacia la salida de la villa, una fuerte luz blanca la tiró casi de forma inmediata. Se trataba del coche del padre Paul, que se encontraba aparcado de forma lateral bloqueando toda la calle.

Y por el oro lado de la calle, el sacerdote se encontraba apuntando a Margot con su Jesucristo. Este, lenta y cuidadosamente, se iba acercando a ella.

Estaba acorralada y, definitivamente, no podía más; había gastado casi toda su energía en luchar contra los jóvenes de la parroquia. Ahora, no era capaz de levantarse y tampoco podía evitar derramar lágrimas de dolor al tiempo que su piel comenzaba a volverse roja a causa de las quemaduras. Evitando mirar, a la desesperada, se arrastró hacia el coche del sacerdote con el fin de pasar por debajo de este.

Pero el padre Paul, lejos de dejarla escapar, la agarró por una pierna y la arrastró unos centímetros hacia atrás. Acto seguido, le propició alguna que otra patada, la agarró con fuerza del cuello y le fue acercando la cruz todo lo posible a sus ojos. Estos no dejaban de echar lágrimas de dolor hasta el punto de comenzar a sangrar.

—¡Demonio Cuos! ¡Sé que estás ahí dentro! ¡Sal inmediatamente del cuerpo de esta hija de Dios! ¡Y no se te ocurra volver nunca más! —gritaba Paul al tiempo que apuntaba con la cruz—. ¡Regresa al infierno y deja de destrozar más vidas humanas! Dios todopoderoso, limpia el alma de esta chica, ¡porque su consciencia se encuentra nublada! ¡Y no la dejes caer nunca más en brazos de Cuos! ¡Por los siglos de los siglos! ¡Amén!

Y, tras pronunciar aquellas palabras, Margot cayó al suelo completamente inconsciente. Ahora su piel y su pelo volvieron al tono normal que siempre solía tener, así como una especie de humo color azul grisáceo se fugaba del cuerpo de la joven. Momentos después, varios militares llegaron a la zona.

—Tranquilos amigos, ya me encargué yo de todo —afirmo el sacerdote—. Yo liberé a esta chica, ¡y con ello salvé al pueblo!

Tiempo después, aquellos soldados trasladaron al padre Paul hasta su iglesia y procedieron a llamar a los servicios de emergencia para que se encargaran de reanimar a la chica. Y, una vez que esta llegó a recuperarse, se informó a su familia acerca de lo que había pasado y la joven quedó bajo custodia policial.

Prácticamente, todo el estado de Oregón había quedado conmocionado ante la rareza del caso. Apodada como *"Gris"*, Margot Hagrain pasaría a la historia como una de las peores asesinas en serie existentes en el siglo XXI.

EPÍLOGO:

Y, bajo presión del padre Paul, sumado a la falta de pruebas viables, la jueza Hillary declaró inocente a Margot Hagrain, a pesar de todas las muertes que se le atribuían. Ese mismo día, la joven regresaría a la casa de su madre y, prácticamente, todo volvería a la normalidad.

En cuanto al padre Paul, el hombre que había salvado el pueblo, no solo fue tomado por idiota por todos los demás. Ahora también había sido excomulgado por el obispo, quién le acusaba de hereje por creer en un supuestamente falso demonio, o al menos, uno que no aparecía en la sagrada escritura.

El mérito por aquella misión sería concedido para Griffin y sus hombres, quienes, la mayoría de las personas, consideraron que habían sido los verdaderos héroes. Todos ellos obtuvieron innumerables recompensas por el caso.

Ahora bien, si Margot había vuelto a su rutina normal y todo parecía lo de siempre, después de haber sido poseída por aquel demonio del casoplón, ya nunca más volvería a ser la de antes. Sí, seguía teniendo su grupito de amigas y todo lo demás, pero la personalidad fría y solitaria de Cuos ahora se había quedado impregnada en el subconsciente de la chica.

Pero ninguna evidencia se pondría de manifiesto hasta pasados meses después. Para ese entonces, aprovechando la ocasión, un día que fue de excursión al campo con sus amigas, simplemente, desapareció. De forma voluntaria, caminaría el día entero hasta llegar a la mismísima finca donde había sido secuestrada.

Hasta lo último que se sabe de ella, allí quedó esperando su reencuentro con aquella criatura tan misteriosa. Aquella que tanto la había manipulado para apartarla del reino de los cielos, la misma a la que tanto miedo le tuvo en la primera ocasión, sencillamente, ahora la amaba.

FIN